Clara n'aime plus la mer

François Poirié

Clara n'aime plus la mer

Illustrations de Bénédicte Guettier

Mouche

l'école des loisirs

11, rue de Sèvres, Paris 6e

Loi n° 49.956 du 16 juillet 1949 sur les publications
destinées à la jeunesse : mars 1996
Dépôt légal : mars 1996
Imprimé en France par Mame à Tours

À mes parents

Il existe des chiens superintelligents. Le matin, ils vont chercher le journal et des pains au chocolat tout chauds. Ils montrent leurs crocs quand ils croisent des personnes méchantes et lèvent la patte droite quand ils veulent être caressés.

Biblok, lui, est complètement stupide. C'est le chien de Clara. Il est gris et très poilu. Il ressemble à un gros sanglier. Il a des puces.

Personne ne l'aime, sauf Clara et ses parents qui l'aiment parce que c'est leur chien. Quand quelqu'un sonne à la porte, Biblok se mord la queue.

Dès qu'il commence à pleuvoir, il court dans la cuisine manger du

yogourt aux framboises avec des corn flakes (c'est son plat favori). Quand Clara veut jouer avec lui, il grogne comme s'il ne la reconnaissait pas. Et à chaque fois que Clara prend un bain, Biblok fait pipi contre le portemanteau de l'entrée. Du coup, la maman de Clara a installé une boîte pleine de sable sous le portemanteau.

Actuellement, Biblok est à l'arrière de la voiture, près de Clara. Nous sommes le 14 juillet. C'est le jour où, chaque année, M. Dugrenier, Mme Dugrenier et Clara partent pour leur maison en Normandie. M. Dugrenier roule à vive allure. Biblok n'admire pas les jolis paysages vallonnés comme tout le monde le ferait. Il a posé sa grosse tête sur les genoux de Clara et il bave.

– Papa, tu peux t'arrêter deux minutes ?

– Pourquoi, ma chérie ?

– Je veux abandonner Biblok.

– Mais, Clara, c'est ton chien, voyons, dit la maman de Clara d'une voix offusquée.

– Tout le monde abandonne son chien avant les vacances, dit Clara.

– Tais-toi, tu n'es vraiment pas gentille, dit M. Dugrenier.

– Biblok est bête, dit Clara.

– Biblok n'est pas bête, c'est une bête, répond la maman de Clara qui éclate de rire parce qu'elle trouve sa réponse follement drôle.

Clara, elle, ne rit pas du tout.

Biblok vient de lâcher un de ces énormes pets dont il a le secret, et ça sent très, très mauvais.

– Je peux ouvrir la fenêtre? demande Clara.

– Si tu veux, ma Clarinette.

Clara déteste quand ses parents l'appellent par ce surnom. Elle ouvre la fenêtre. Biblok se précipite et passe la tête au-dehors en aboyant comme un fou.

– Referme vite, Clarinette, sinon

un camion va guillotiner notre Biblok, dit la maman de Clara en éclatant de rire encore une fois.

Clara referme la fenêtre en poussant un long soupir. Elle trouve que ces nouvelles vacances à la mer ont un drôle de goût.

*
* *

Une mauvaise surprise attend Clara et ses parents quand ils arrivent dans leur maison. On les a cambriolés. Les voleurs ont tout pris, même les matelas et les rideaux. Ils ont dû venir avec un camion de déménagement. Certes, la maison paraît plus grande. Mais où va-t-on dormir ?

La maman de Clara pleure. Biblok tire sur les lacets des chaussures de Clara. Clara en a ras le bol

et lui donne un coup de pied en pleine figure. Biblok se met à pousser des hurlements qui ressemblent à ceux des loups sauvages.

– Ça suffit, Clara, la situation

est assez dramatique comme ça, dit le papa de Clara d'un ton sec.

– Ne crie pas, cela n'arrangera rien du tout, dit la maman de Clara à son mari. Trouve plutôt une solution.

« Elle a parfaitement raison, pense Clara. On ne va quand même pas dormir sur le carrelage de la cuisine ou dans le jardin. »

– Et si tu téléphonais aux Crépin, dit Clara à son papa.

– Ça, c'est une bonne idée. Ils pourront nous loger pour cette nuit, et demain, on verra.

– Oui, oui, c'est une bonne idée. Ils pourront nous faire dormir au grenier avec les araignées, dit la maman de Clara d'une voix très bizarre.

Elle ne s'est pas encore remise du choc. Il faut dire que la dernière fois, les cambrioleurs n'avaient pris que l'argenterie, les tableaux, quelques bibelots, la télévision et la chaîne hi-fi. Et ils avaient laissé un petit mot sur la table basse du salon.

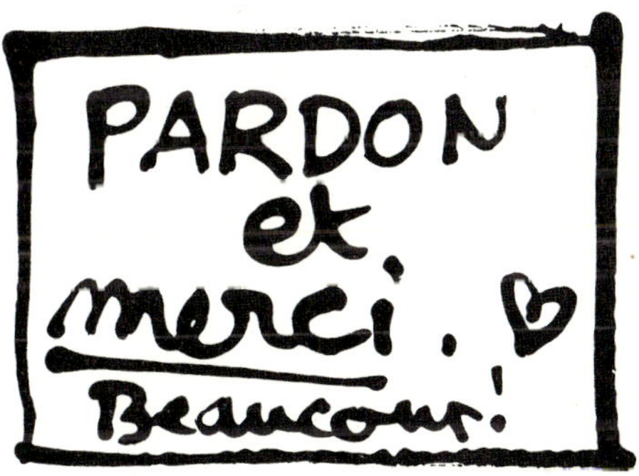

Ils avaient écrit: *« Pardon et merci beaucoup. »*

Mais cette fois, ils ont absolument tout pris, sauf le Frigidaire, la cuisinière et les meubles de jardin. Et ils ont piétiné les rosiers. Peut-être que les Crépin savent des choses. Peut-être qu'ils ont vu les voleurs.

Les Crépin habitent la maison voisine de celle des parents de Clara. Ils vivent là l'hiver, le printemps, l'été, l'automne. Bref, ils habitent en permanence dans ce petit village normand situé au bord de la mer. Parce qu'ils apprécient son calme et son climat.

M. Crépin travaille dans un restaurant, à Dieppe. C'est à six kilomètres. Il y va à bicyclette. C'est

excellent pour la santé. Mme Crépin ne travaille pas. Elle n'a pas de bicyclette. Les Crépin ont cinq enfants, quatre garçons et une fille : Hugo, Léo, Théo, Pablo et Marie-Charlotte. Au début, tous ces prénoms qui se terminent par la lettre «o», c'est plutôt rigolo. Mais très vite, cela devient énervant. On se trompe tout le temps. On ne sait plus qui est qui. M. Crépin a trouvé une solution pour ne pas se tromper. Il appelle ses garçons n° 1, n° 2, n° 3 et n° 4.

Le papa de Clara téléphone à M. Crépin. Ça marche : les Dugrenier pourront dormir chez les Crépin cette nuit. « Et même toute la semaine si vous voulez, cher M. Dugrenier, a dit M. Crépin. Les garçons sont en Angleterre et Marie-Charlotte passe l'été chez sa grand-mère à Chamonix. » Ouf ! Clara annonce la bonne nouvelle à Biblok qui va immédiatement voir s'il n'y a pas de courrier dans la boîte aux lettres. La bêtise de ce chien est un

peu fatigante à la longue. Clara sort dans le jardin pour contempler le coucher du soleil. La mer est orange

et le ciel violet. On dirait une carte postale aux couleurs criardes. C'est hideux. Heureusement, le soleil disparaît bientôt derrière l'horizon, et la première étoile commence à briller dans l'immense nuit d'été. «Salut, toi», lui lance Clara. Puis elle va rejoindre ses parents qui sont en train de décharger leurs bagages au milieu du salon des Crépin.

Mme Crépin a allumé un feu dans la cheminée. C'est l'été, mais ce soir il fait frais. Mme Crépin demande si tout le monde aime la choucroute.

– Pas trop, dit Clara timidement.

– Mais si, voyons, tu aimes la choucroute, rectifie Mme Dugrenier qui ne veut pas vexer Mme Crépin.

– Bon, d'accord, concède Clara qui ne désire plus qu'une seule chose au monde : aller dormir le plus vite possible.

Mme Crépin prépare une énorme choucroute comme si elle recevait

une équipe de footballeurs affamés. Elle dresse une belle table et allume des bougies. Clara mange deux pommes de terre et une saucisse et demande la permission d'aller se coucher. Tout le monde l'embrasse.

La première journée de vacances s'achève. Il en reste encore quarante-deux ou quarante-trois ou quarante-quatre ou quarante-cinq. Clara s'endort en comptant.

*
* *

Une semaine plus tard, les parents de Clara ont acheté de nouveaux meubles et leur maison a retrouvé une allure à peu près normale. Le marchand de meubles a tenu à faire un cadeau à la maman de Clara. Il lui a offert deux horribles nains en faïence. L'un tire la

langue, l'autre louche. Ils portent des bonnets bleus fluorescents, et de gros nœuds papillons jaunes avec des pois verts leur serrent le cou. Mme Dugrenier les a installés juste à côté de la porte d'entrée en disant à son mari : « Regarde, chéri, nos gardiens n'ont-ils pas l'air vraiment menaçant ? » Et elle a éclaté de rire. Le papa de Clara n'a rien répondu. Il sait que sa femme a les nerfs fragiles depuis le cambriolage. Il ne veut pas la contrarier.

Le problème, maintenant, c'est la pluie. Il pleut depuis trois jours. On ne peut pas se baigner ni faire de longues promenades à pied dans la campagne. Clara s'ennuie à mourir. Pour se distraire, elle serait prête à ouvrir un hérisson avec un petit couteau pour voir battre son cœur.

La vraie vérité, c'est que Clara n'aime plus la mer. Ici, en Normandie, la mer ne sert à rien. L'eau est trop froide et il y a des galets à la place du sable. Les journaux prétendent même que les plages près de Dieppe sont les plus polluées de France. C'est l'enfer!

Clara rêve d'altitude. Elle voudrait passer ses prochaines vacances sur le sommet du mont Blanc. Sans Biblok. Sans ses parents. Elle cons-

truirait un igloo et écouterait tranquillement la radio. Le soir, elle jouerait un peu de guitare ou lirait des bandes dessinées en mangeant des tonnes de frites. Ce rêve se réalisera uniquement si le Président de la République change les lois et autorise les petites filles de huit ans à partir en vacances où elles veulent, et avec qui bon leur semble.

Clara réfléchit à son présent et à son avenir jusqu'à midi. Quand les douze coups de midi sonnent à

l'église du village, elle prend un feutre rouge et une grande feuille blanche :

« Cher Président,

Ici, c'est moche. »

Clara s'arrête d'écrire, déchire la feuille, en reprend une autre et recommence tout à zéro.

« Mon cher Président,

Ici, c'est tristoune. On est en vacances, d'accord. C'est l'été et il y a la mer. Mais la joie est absente. L'année prochaine, je veux partir seule à la montagne. Je te demande la liberté.

Je t'embrasse,
Clara. »

Elle relit sa lettre. Elle la trouve parfaite.

Juste à ce moment-là, le téléphone sonne. La maman de Clara va répondre. Elle vient de prendre une douche. Elle est trempée de la tête aux pieds. De l'eau dégouline sur le sol et sur le petit meuble en bois où est posé le téléphone.

– Allô !

– Allô. C'est Marie-Charlotte Crépin qui parle.

– Bonjour, ma chérie. Tu vas bien ? Tu veux parler à Clara ?

– S'il vous plaît, oui.

– Clara, Clara, c'est Charlotte.

– C'est Marie-Charlotte.

– Oui, ma chérie. Clara, Clara, c'est Marie au téléphone.

– C'est Marie-Charlotte. Allô ?

– Oui ?

– Je m'appelle Marie-Charlotte.

– Oui, ma chérie. Je te passe Clara et je vais nous préparer une bonne charlotte au chocolat pour ce soir. Et je te promets qu'elle, elle n'aura pas de mari, dit la maman de Clara en éclatant de rire.

Clara prend le combiné qui est un peu mouillé.

– Allô, Marie-Charlotte, ça va ?

– Génial. Et toi ?

– Bof. Tu sais, la mer, c'est toujours pareil. En plus, il pleut.

– Ici, il fait un temps sublime.

– Tu t'amuses bien ?

– Oui, mais ma grand-mère me pose plein de questions et je ne connais pas les réponses.

– Des questions sur quoi ? demande Clara.

– Sur les élections.

– Les élections du Président ?

– Oui. Tu sais comment ça se passe, toi ?

– À peu près, oui, répond Clara.

– Tu peux me le dire ?

– Pour voter, il faut avoir moins de dix-huit ans.

– T'es sûre ?

– Oui. C'est mon père qui me l'a dit.

– Quand est-ce qu'on aura moins de dix-huit ans ?

– Je sais pas.

– Est-ce que les riches votent plus souvent que les pauvres ?

– Bien sûr. Pour voter, il faut payer des impôts et avoir deux maisons ou deux voitures. Les pauvres, ils n'ont rien du tout, dit Clara tristement.

– Et le Président, il vote ?

– Ben non, puisqu'il est Président.

– À la télé, on le voit voter.

– C'est pour faire croire qu'il

est comme tout le monde. Mais c'est pas vrai.

– Quel âge il a, le Président?

– Je sais pas. En tout cas, il a fait plusieurs guerres, c'est obligatoire. Et il doit être grand-père.

– Est-ce qu'il est égoïste, le Président? demande Marie-Charlotte.

– Elle est bizarre, ta question, dit Clara.

– Euh… Je sais pas trop ce que ça veut dire «égoïste». Tu le sais, toi?

– Un égoïste, c'est quelqu'un qui ne pense pas à moi.

– T'es sûre?

– Oui, dit Clara. Ils l'ont dit

l'autre jour à la télé. Le Président, il pense à tous les Français. Donc, il pense à moi.

– Allô ?

– Oui.

– ALLÔ ? ALLÔ ? Je t'entends mal. Il y a du crafoutis sur la ligne.

– Bon, on se rappelle, dit Clara.

– Bisous, et puis…

Marie-Charlotte a été coupée. Clara ne saura jamais ce qu'elle voulait lui dire. M. Dugrenier est en train de feuilleter un guide touristique de la région.

– Et si on allait visiter le château de Bonneville cet après-midi ? demande-t-il à sa femme.

– Je préfère ne pas quitter la maison, répond Mme Dugrenier qui a peur que des cambrioleurs ne reviennent les dévaliser.

– Moi, je veux bien visiter le château, dit Clara.

L'affaire est entendue : M. Dugrenier et Clara iront visiter le château – qui, selon le guide, date du

XVIIe siècle – et Mme Dugrenier restera à la maison. Elle pourra, si elle le désire, faire une sieste. En prenant soin, bien sûr, de garder près d'elle une pelle ou un rouleau à pâtisserie.

– Et Biblok ? demande Clara.

– Emmenez-le. Un peu de culture ne lui fera pas de mal, dit la maman de Clara d'un air entendu.

Quand M. Dugrenier et Clara arrivent à Bonneville en début d'après-midi, leur surprise est totale. Le château est en ruine. Les propriétaires, le duc et la duchesse Rigoulet de la Tour, n'ont fait reconstruire qu'une toute petite partie de l'aile gauche du château.

C'est le duc qui fait visiter. Il est très grand, très maigre et complètement chauve. Il porte un costume noir. On dirait un gardien de cimetière. Clara n'est pas rassurée.

La visite dure à peine cinq minutes. Le duc explique que le château a brûlé pendant la Seconde Guerre mondiale. Seuls quelques meubles, une armure et une vitrine remplie de bijoux et de statuettes en porcelaine ont été sauvés.

– Récemment, le château a servi de décor pour le tournage d'un film d'horreur avec Alain Delon, ajoute le duc.

– Ça s'appelait comment? demande Clara.

– *Noir, c'est noir*, répond le duc en souriant.

Le duc porte un drôle d'appareil en métal sur les dents. Quand il

sourit, il ressemble à un vieux vampire. Clara n'aimerait pas du tout qu'il l'embrasse.

Clara et son papa sortent du château en silence. La duchesse les invite à venir dans le chalet qu'elle a installé au beau milieu du parc. Pour gagner un peu d'argent de poche, elle vend des pommes, des œufs, des lapins vivants et des bouquets de marguerites. Elle est maquillée comme une magicienne et porte une longue robe rouge. Elle élève également des grenouilles et des escargots, mais elle ne les vend pas.

– Elle ne songe qu'à les dorloter, dit le duc d'une voix dédaigneuse en montrant les aquariums géants où s'entassent les petits pensionnaires de la duchesse.

Biblok s'est approché des marguerites et commence à en croquer une.

– Arrête, Biblok! crie Clara.

– Ce chien nous surprendra toujours, dit M. Dugrenier avec lassitude.

M. Dugrenier achète un gros bouquet de fleurs pour sa femme et un autre, plus petit, pour Biblok. La duchesse donne une pomme à Clara.

– Merci, duchesse, dit Clara.

– De rien, fillette, répond la duchesse.

Hélas, sur le chemin du retour, les marguerites se fanent, et M. Dugrenier les jette par la fenêtre en rouspétant. En tombant, les pétales blancs éclaboussent la route.

« Comme c'est joli, pense Clara. On dirait de la neige. »

Aussitôt rentré à la maison, Biblok déchire la revue *Auto-Moto Journal* que le papa de Clara venait d'acheter. La visite du château l'a surexcité, c'est certain. Soudain, une idée lumineuse traverse l'esprit de Clara.

– Maman ?

– Oui, Clarinette.

– Je peux aller faire un tour avec Biblok ?

– Mais tu dois être fatiguée. Et en plus, il pleut.

– Je ne suis pas du tout fatiguée. Et tu peux me prêter ton parapluie.

– C'est vrai. J'oublie toujours que les parapluies existent, dit la maman de Clara en éclatant de rire.

Clara ne répond pas. Elle est trop préoccupée par le projet fantastique qu'elle vient de mettre au point.

Elle monte rapidement dans sa chambre, prend une feuille, un gros

feutre et un bout de ficelle. Elle redescend toujours aussi rapidement et donne deux claques sur la tête de Biblok.

– Viens, on va se balader.

Une demi-heure plus tard, Clara est assise sur l'un des bancs qui font face à la mer. Biblok est allongé près d'elle, à moitié endormi. Clara a accroché une feuille autour de son cou. Elle a écrit dessus: *« À vendre. 100 F. »* Mais absolument personne ne se promène aujourd'hui.

Un quart d'heure plus tard,

Clara a modifié ses prix. Elle vend maintenant Biblok pour 25 F. Toutes taxes comprises. Mais il n'y a toujours pas l'ombre d'un chat à l'horizon. Clara attend encore cinq minutes et écrit sur la feuille accrochée autour du cou de Biblok : *« Je le donne. »* Et elle se sauve en courant.

*
* *

Quand Clara explique à sa maman ce qu'elle a fait de Biblok, Mme Dugrenier ne rit pas du tout. Elle se met à crier. Elle dit qu'elle en a assez de ce chien, de cette fille, de cette maison, de ces vacances et de la vie en général. Elle part dans la cuisine et claque violemment la porte derrière elle. Le papa de Clara, lui, va rechercher Biblok *illico presto*. Biblok n'a pas bougé d'un centimètre. Il a juste mangé la feuille et la ficelle. Sans en laisser un morceau.

Le soir, la maman de Clara s'est calmée. Elle appelle son mari et Clara.

– Venez, je veux vous parler, leur dit-elle d'une voix solennelle.

Ils s'installent tous les trois sur la nouvelle banquette en similicuir rouge.

– Je pense que nous devrions vendre cette maison et acheter un appartement à la montagne, déclare Mme Dugrenier. On pourrait l'acheter près de Chamonix, par exemple. Mme Crépin m'a décrit la région, ça a l'air magnifique. Évidemment, il faudrait qu'il y ait un grand balcon. On mettrait plein de géraniums. Ce serait notre nid douillet. Voilà. Qu'en pensez-vous ?

M. Dugrenier et Clara se regardent un court instant. Puis, ensemble, ils crient :

– Je suis d'accord !

Tous les trois éclatent de rire. Biblok aboie joyeusement.

– Est-ce que tu ne devrais pas ouvrir la bouteille de champagne que tu gardais pour mon anniversaire? demande Mme Dugrenier à son mari.

– Ça, c'est encore une bonne idée, ma chérie, dit M. Dugrenier en embrassant sa femme.

– Et notre petit chienchien adoré pourra en boire un peu, dit Clara en tirant l'oreille de Biblok

qui comprend que ce soir, c'est la fête.

Sa queue frétille, il bave partout. Ah, quel bonheur!

Il court dans le jardin déterrer le poulet rôti que la maman de Clara a cherché en vain hier après-midi pendant des heures. Biblok pense que c'est l'occasion ou jamais de dévorer ce mets délicieux. Ce qu'il fait aussitôt. Avec avidité. Ah, quel bonheur !